OUSAMA GAME SHUKYOKU Vol. 2

First published by Futabasha Publishers Ltd. in 2012

The French language edition published by arrangement
with Futabasha Publishers Ltd., Tokyo
through Tuttle-Mori Agency, Inc., Tokyo

Édition française

Traduction :
Yohan Leclerc

Adaptation graphique :
Clair Obscur

ISBN : 978-2-35592-651-8
Dépôt légal : avril 2014
Achevé d'imprimer en France par Aubin Imprimeur

16 SURVIVANTS

15 MORTS

*À suivre dans le tome 3 de King's Game Extreme*

CHIEMI CONNAISSAIT LA VÉRITÉ SUR LE JEU DU ROI...
TOUT SIMPLEMENT PARCE QU'UN SURVIVANT LUI EN AVAIT PARLÉ...
SON PÈRE !
COMME IL SE SENTAIT COUPABLE DE NE PAS AVOIR PU SAUVER SA FILLE, IL EST VENU SE SUICIDER ICI...
HAN
HAN
IL AVAIT SANS DOUTE HABITÉ DANS LA MAISON DE TOUT À L'HEURE... SA FAMILLE ÉTAIT ORIGINAIRE DE CE VILLAGE...
"SEULE SOUS CE TORII"... ÇA VOUDRAIT DIRE...
MAIS ALORS, QUI EST CETTE "NATSUKO" MENTIONNÉE DANS SA LETTRE ?

FRSH
FSH
OÙ EST-CE QUE TU ÉTAIS PASSÉE ?!
JE ME SUIS FAIT DU SOUCI POUR TOI !
MIZUKI ?!
MENTEUR !
!
JE SUIS VENUE TE DIRE ADIEU ...

PEUT-ÊTRE QUE JE FERAIS MIEUX DE CHERCHER LE CARNET À SA PLACE...
POUR TROUVER UNE SOLUTION À CE JEU DE CINGLÉ LE PLUS VITE POSSIBLE !
SCRITCH
SCRITCH
SAUF QU'IL Y A AUSSI MIZUKI !
JE PARS À SA RECHERCHE DÈS QUE J'AI LE CARNET ?!
CRAC
RAAH, BON SANG !!
VSH
QUI VA LÀ ?!

ROI
JEU DU ROI
L'ÉLÈVE N° 22, AOI HARUNA, EST CONDAMNÉE À LA DÉCAPITATION POUR NE PAS AVOIR EXÉCUTÉ LES ORDRES DU ROI.
—END—
OK
RETOUR
IL A TUÉ...
SIX PERSONNES ?!
TU TE FICHES DE NOUS, ESPÈCE D'ENFLURE ?!
QU'EST-CE QU'ON A FAIT DE MAL ? TU PEUX ME LE DIRE ?!
RAAAAH !
HAN
HAN
JE DOIS PRÉVENIR NOBUAKI...
IL A PARLÉ DE TROUVER UN TORII, MAIS OÙ ?

Bip
Bip
REÇU AUJOURD'HUI À 21 H 14 : "L'ORDRE A BIEN ÉTÉ EXÉCUTÉ."
REÇU AUJOURD'HUI À 21 H 15 : "L'ÉLÈVE N° 4, MASAHIKO INABA, EST CONDAMNÉ À MOURIR D'UN ARRÊT CARDIAQUE POUR NE PAS AVOIR EXÉCUTÉ LES ORDRES DU ROI."
Bip
Bip
REÇU AUJOURD'HUI À 21 H 16 : "L'ÉLÈVE N° 22, AOI HARUNA, EST CONDAMNÉE À LA DÉCAPITATION POUR NE PAS AVOIR EXÉCUTÉ LES ORDRES DU ROI."

MESSAGE REÇU AUJOURD'HUI À 21 H 10 : "L'ÉLÈVE N° 9, DAIKI KUROSAWA, EST CONDAMNÉ AU BÛCHER POUR NE PAS AVOIR EXÉCUTÉ LES ORDRES DU ROI."
MESSAGE REÇU AUJOURD'HUI À 21 H 10 : "L'ÉLÈVE N° 5, YUKI UEMATSU, EST CONDAMNÉE À MOURIR ÉTOUFFÉE POUR NE PAS AVOIR EXÉCUTÉ LES ORDRES DU ROI."
BIP
BIP
MESSAGE REÇU AUJOURD'HUI À 21 H 13 : "L'ÉLÈVE N° 15, TATSUYA JINBA, EST CONDAMNÉ À MOURIR D'UNE HÉMORRAGIE POUR NE PAS AVOIR EXÉCUTÉ LES ORDRES DU ROI."

BIP
BIP
CLAP
C'EST ELLE ?!
MAIS ...
JE CROYAIS QU'ON N'AVAIT PAS DE RÉSEAU !
04/06 (VEN.) 21:09
ROI
SUJET
JEU DU ROI
L'ÉLÈVE N° 19, AYUMI TANIKAWA, EST CONDAMNÉE À L'ÉCARTÈLEMENT POUR NE PAS AVOIR EXÉCUTÉ LES ORDRES DU ROI.
ENVOI
OK
RETOUR
AF
CLR
PWR HLD
MESSAGE REÇU AUJOURD'HUI À 21 H 09...
"L'ÉLÈVE N° 19, AYUMI TANIKAWA, EST CONDAMNÉE À L'ÉCARTÈLEMENT...
POUR NE PAS AVOIR EXÉCUTÉ LES ORDRES DU ROI."

MIZUKI, OÙ EST-CE QUE TU ES ?!
RÉPONDS !!
QUEL IDIOT... JE N'AURAIS JAMAIS DÛ LA LAISSER SEULE...
JE LUI AVAIS DONNÉ MA PAROLE !!
MAIS ARRÊTE DE PLEURER... TON BEAU VISAGE EST TOUT ROUGE !
VOICI L'ORDRE QUE JE ME DONNE : "PROTÉGER MIZUKI
QU'EST-CE QUE TU EN DIS ?
JE T'EN PRIE...
TIENS BON !
MERCI ...
HI !
KENTA !

BON, CE N'EST PAS LE MOMENT DE DÉBATTRE...
ON A DES PROBLÈMES PLUS URGENTS À RÉGLER !
PARS À LA RECHERCHE DE MIZUKI, LE TEMPS PRESSE !
OK... ET TOI ?
AVANT DE M'OCCUPER DU CARNET, JE DOIS RETROUVER UN TORII...
L'ENTRÉE D'UN SANCTUAIRE, TU VEUX DIRE ? MAIS POURQUOI ?
JE NE SAIS PAS ENCORE, MAIS ÇA POURRAIT ÊTRE IMPORTANT !

AUTANT QUE SA MORT SERVE À QUELQUE CHOSE...
TU CROIS VRAIMENT QU'UNE VIE EN VAUT PLUS QU'UNE AUTRE ?
ÉVIDEMMENT ! TU NE FAIS PAS DE DIFFÉRENCE ENTRE UN NOUVEAU-NÉ ET UN VIEILLARD, TOI ?
NON, ILS SONT TOUS LES DEUX EN VIE !
NE T'ACCROCHE PAS TROP À TES PRINCIPES OU TU RISQUES D'EN SOUFFRIR PLUS TARD !
...
...

IL NOUS FAUDRA FACILEMENT DEUX HEURES POUR REJOINDRE UN ENDROIT OÙ ÇA CAPTE...
SI ON NE RETROUVE PAS MIZUKI EN MOINS D'UNE HEURE, ELLE N'AURA PAS LE TEMPS D'ENVOYER SES MESSAGES !
RÉPONDS-MOI FRANCHEMENT...
À QUI EST-CE QUE TU VEUX QU'ELLE ADRESSE CES MAILS ?
...
FSH
À NATSUKO ET À TSUBASA !
!
NATSUKO RISQUE DE NOUS CAUSER BEAUCOUP DE PROBLÈMES PAR LA SUITE...
QUANT À TSUBASA ...
DEPUIS QU'IL A REÇU UN GAGE, IL EST ENTRE LA VIE ET LA MORT... SON ESPRIT EST BRISÉ...
JE SUIS NATSUKO, TA CAMARADE DE CLASSE, TA PARTENAIRE

JE VAIS L'APPELER !
JE NE PENSE PAS QU'IL Y AIT DU RÉSEAU ICI...
BON SANG !!
20:54
ENVOI
OK
RETOUR
PAS DE PANIQUE ...
SI MIZUKI ÉTAIT MORTE, JE LE SERAIS AUSSI !
POUR L'INSTANT, OÙ QU'ELLE SOIT, MIZUKI VA BIEN !
TRÈS BIEN, PARTONS DU PRINCIPE QUE C'EST LE CAS...
DIS-MOI, QUELLE HEURE IL EST ?
PRESQUE 21 HEURES !!

PERSONNE... EST-CE QUE JE ME SUIS FAIT DES IDÉES ?
AU FAIT, OÙ EST MIZUKI ?!
SÛREMENT DANS L'ENTRÉE...
MAIS ON CRIE DEPUIS TOUT À L'HEURE... ET POURTANT, ELLE NE S'EST PAS MONTRÉE !
NORMALEMENT, ELLE AURAIT DÛ VENIR VOIR, TU NE CROIS PAS ?
!
TAP
TAP
TAP
PERSONNE !
MIZUKI !! OÙ EST-CE QUE TU ES ?!

AH !
PLAF
!!
UN MIROIR ?!
QU'EST-CE QUI SE PASSE ?

J'AI UNE SENSATION DE MALAISE ...
COMME SI QUELQU'UN M'OBSERVAIT ...
ET RE-JETAIT MA PRÉSENCE ...
...
IL A RAISON... JE SENS UNE PRÉSENCE...

J'AI ENTENDU COMME UN ÉCLAT DE RIRE...
C'ÉTAIT TOUT PRÈS ...
PEUT-ÊTRE MÊME DANS LA MAISON ...
CE N'ÉTAIT PAS MIZUKI ?
S'IL Y A QUELQU'UN ICI, QU'IL SE MONTRE !!

FUIT
C'EST BON, TU AS RE-TROUVÉ TON SANG-FROID ?
...
QU'EST-CE QUE LE PÈRE DE CHIEMI FABRIQUAIT À YONAKI ?
ET SI CHIEMI AVAIT SU QU'UNE PERSONNE SEU-LEMENT POUVAIT SURVIVRE AU DERNIER ORDRE DU ROI...
PARCE QUE QUELQU'UN LUI EN AVAIT PARLÉ...
UNE SECONDE ...
MAIS ALORS ...
FSH
!
CHUT...

MAIS TOI, TU ES DIF-FÉRENT !
TU NE DOIS PAS TE SOUS-ESTIMER, NI RENONCER...
AIE CONFIANCE EN TOI...
ET LAISSE-MOI TE FILER UN COUP DE MAIN, OK ?
...
MERCI...

CALME-TOI, JE VEUX SEULEMENT T'AIDER...
M'AIDER ?
J'AI RÉPÉTÉ LA MÊME CHOSE JE NE SAIS COMBIEN DE FOIS À MES AMIS...
"JE VAIS T'AIDER", "JE VAIS TE PROTÉGER"... ENCORE ET ENCORE !
MAIS ILS CONTINUAIENT À MOURIR LES UNS APRÈS LES AUTRES !!
JE N'AI PAS PU EMPÊCHER QUOI QUE CE SOIT ! TOUS MES EFFORTS ONT ÉTÉ COMPLÈTEMENT INUTILES !!
ÇA NE VEUT PAS DIRE QU'IL NE FALLAIT PAS ESSAYER !
FACILE À DIRE, CE NE SONT QUE DES MOTS !
C'EST VRAI, BEAUCOUP N'Y VERRAIENT QUE DES PAROLES EN L'AIR...

C'EST QUI, CE MACCHABÉE ?
!
JE T'AVAIS DIT DE RESTER DEHORS...
UNE CONNAIS-SANCE ?
PEUT-ÊTRE...
COMMENT ÇA, "PEUT-ÊTRE" ? SOIS PLUS PRÉCIS !
TAIS-TOI !!
QU'EST-CE QUE TU POUR-RAIS Y FAIRE, DE TOUTE FAÇON ?!
PAF

NOBUAKI !!
QU'EST-CE QUI SE PASSE ?! RÉPONDS !
NOBUAKI !!
N'APPROCHE PAS !!
MAIS ENFIN ...
SURTOUT NE VIENS PAS !!
HAN
HAN
ALORS LE PÈRE DE CHIEMI S'EST SUI-CIDÉ...
MAIS POUR QUELLE RAI-SON ?! ET POURQUOI DANS UN ENDROIT PAREIL ?!
CRAC

"TOI AUSSI, JE TE DEMANDE PARDON, CHIEMI..."
BOBOM
BOBOM
ENCORE UNE NATSUKO...
"EXPIATION"... "PARDON"... EST-CE QUE PAR HASARD...
BOBOM
BOBOM
"ATTENDS-MOI..."
"CHIEMI !"
AAAAAAH !

*PORTIQUE MARQUANT L'ENTRÉE D'UN ESPACE SACRÉ, NDT.

C'EST CHIEMI ?!

MUTILÉ ? NON, PLUTÔT DÉVORÉ APRÈS COUP...
QUI ÇA PEUT BIEN ÊTRE ?!
IL N'Y AURAIT PAS UN INDICE ?
UNE PHOTO ...
...
QU...
GLOUPS
JE RÊVE !
CETTE FILLE...

C'EST...
UN CADAVRE ?!
AAH...

VSH
PAF
BZZZ
BZZZ
BZZZ
BZZZ

BZZZ
BZZZ
BZZZ
BZZZ
DES MOUCHES !
C'EST UN NUAGE D'INSECTES POSÉS SUR QUELQUE CHOSE !!

C'EST QUOI...
CET AMAS GROUILLANT ?
FSH

CR!!!
CR!!!
QUELLE PUANTEUR... COMME SI TOUT ÉTAIT EN PUTRÉFACTION !
BON, IL FAUT QUE JE TROUVE UN MOYEN D'IDENTIFIER LES PROPRIÉTAIRES...
CR!!!
CR!!!
?!

VOUS CROYEZ QUE C'EST LA MAISON DE PARENTS DE NATSUKO ?
DANS UN ENDROIT PAREIL ?
EH, NOBUAKI !
JE VEUX VÉRIFIER QUELQUE CHOSE...
TU NE VAS QUAND MÊME PAS ENTRER ?
VOUS POUVEZ M'ATTEN-DRE ICI !
D'ACCORD... MAIS EN CAS DE DANGER, TU NOUS AP-PELLES TOUT DE SUITE !
VRSH
AH !

ON A INTÉRÊT À FILER AVANT QU'ILS REVIENNENT À LA CHARGE !
TU M'ÉTONNES...
VSH
バッ
HONDA
HONDA ?

ÇA VA ?
NON, ÇA NE VA PAS DU TOUT !!
JE DÉTESTE LES CHIENS !
WAAAAH !
ET TOI AUSSI, JE TE DÉTESTE DE T'ÊTRE ENFUI SANS NOUS !!
WAAAH !
IL NE S'EST PAS ENFUI !
SI, TU T'ES ENFUI !!
MAIS... BAH, COMME TU VOUDRAS...
J'ÉTAIS ALLÉ CHERCHER DE QUOI NOUS BATTRE !
ALLEZ, C'EST FINI, DEBOUT !
SNIF...
SNIF...

FUIT
GRRR...
FUIT
GRRR...
FSH
ILS SONT PARTIS ?
PFIOU...
FLOP
TAP
GH...
SNIF ...

UN BALAI ?! C'EST TOUT CE QUE TU AS TROUVÉ ?!
VSH
TCHAC
BAH, C'EST TOUJOURS MIEUX QUE RIEN, J'IMA-GINE !
BAM
KAÏ
OUAH
PAF
KAÏ
KAÏ
KAÏ
KAÏ

PAF
PAF
GRRR...
CRRR
GRR...
VRSH
TSS...
ILS SONT TENACES !
KENTA !!
VSH
ATTRAPE !
VSH
MERCI !
POF

PAF
CE NE SONT PAS QUELQUES CLÉBARDS QUI VONT ME FAIRE PEUR...
OUAH
OUAH
NE T'INQUIÈTE PAS, MIZUKI !
ALLEZ, JE VOUS ATTENDS, SALES CABOTS !!

KENTA !
MIZUKI !
GRRR...
GRRR...
FAIS GAFFE, NOBUAKI !
NOBUAKI ?!
ON DIRAIT BIEN QU'ILS VEULENT NOUS BOUFFER !
GRRR...
GRRR...
PARTI... IL NOUS A LAISSÉS TOMBER !
LE SALAUD !
OUAH
POF

GRRR...
GRRR...
CE SONT EUX QU'ON A ENTENDUS TOUT À L'HEURE ?
GRRR
?!
HIIII !!
GRRR
SALE BÊTE !!
PAF

GRRR...
GRRR...
HAN
HAN
GRR...
GRR...
GRRR...

BON, PAR OÙ ON COMMENCE ?
TU PARLAIS D'UN CARNET, IL ME SEMBLE...
IL Y A UNE MAIRIE À L'AUTRE BOUT DU VILLAGE...
AVEC UNE SORTE DE SALLE DES ARCHIVES ...
?
QU'EST-CE QUE TU AS ?
NE BOUGEZ PAS...
ON EST ENCERCLÉS !
?!

SNIF...
JE VEUX RENTRER...
SNIF...
STOP... J'AI PEUR...
TU PRÉFÈRES ATTENDRE ICI ?
!!
SÛREMENT PAS ! JE VIENS AVEC VOUS !!
VSH
KENTA...
JE PEUX ME TENIR À TOI ?
PLOF
HA HA...
EUH... SI ÇA TE RASSURE...
MA VESTE EST SOLIDE, TIRE DESSUS AUTANT QUE TU VEUX !
HA HA HA HA...
HI HI...
MERCI...

BIENVENUE À YONAKI !
J'AURAIS PRÉFÉRÉ NE PAS AVOIR À REVENIR...

FLAP
HIII !
CROA
FLAP
CROA
FLAP
!
ALORS ...
C'EST ÇA ?
OUI...

WOOO
QUOI ENCORE ?!
CE SERAIT UN ANIMAL ?!
WOOO
VITE !
FRSH
FRSH
FRSH
FRSH
CROA

EH, MAIS... POURQUOI IL FAIT SI SOMBRE ?!
IL FAISAIT ENCORE JOUR TOUT À L'HEURE !
LA LUMIÈRE DU SOLEIL NE PARVIENT PAS JUSQU'ICI...
KENTA, ALLUME TA LAMPE !
LE VILLAGE EST DROIT DEVANT !

SPLASH
SPLASH
BIZARRE, LE SOL EST TREMPÉ...
POURTANT, IL FAISAIT BEAU DE-HORS !
L'EAU DES COLS DOIT S'INFILTRER ...
LE BÉTON EST TRÈS ABÎMÉ...
ET PUIS...
POURQUOI EST-CE QUE L'AUTRE BOUT DU TUNNEL N'EST PAS BOUCHÉ ?
PLOUF
PLOUF
S'AP-PROCHER DAVANTAGE DU VILLAGE ...
PEUT-ÊTRE QUE LES OUVRIERS NE VOULAIENT PAS...

TAP
SPLASH
GLOUPS
WOOO
WOOO
QUELLE HORREUR ! CE SONT DES CRIS ?!
NON... SANS DOUTE LE VENT...

UN TUNNEL ?
C'EST L'ENTRÉE QUI MÈNE À YONAKI ...
TU PLAISANTES ?! C'EST COMPLÈTEMENT BOUCHÉ !
NON, ON PEUT SE FAUFILER PAR CE TROU...

CRIII
CLAC
CLAC
VOUS VOU-LEZ VRAIMENT DESCENDRE ICI ?
CLAC
MAIS NON, NE VOUS EN FAITES PAS !
N'ALLEZ PAS VOUS SUICIDER, HEIN ! VOUS ÊTES ENCORE JEUNES, IL VOUS RESTE PLEIN DE BELLES CHO-SES À VIVRE !
VRRR
!
QU'EST-CE QUE C'EST QUE CET EN-DROIT ?!

EN AVANT ...
VRRR
OOOOO!!
DIRECTION YONAKI !

J'EN AI PROFITÉ POUR CHANGER DE MODÈLE...
QU'EST-CE QUE JE DOIS FAIRE, MAINTENANT ?
SI ON ATTENDAIT DE VOIR ?
OUI, JE SUIS D'ACCORD...
EST-CE QUE KENTA PENSE À LA MÊME CHOSE QUE MOI ?
BON, PROCHAIN ARRÊT : LE COL DE YAKURA !
BRR
PLAF
!
FRSH
FRSH
EH, ÇA VA ?!
EUH... OUI...
FSH
POF
JE NE PEUX PLUS ME PERMETTRE DE FAIBLIR !

EST-CE QUE J'AURAIS MES CHANCES, AVEC TOI ?
NON, SÛREMENT PAS !
TU RÊVES !
TU POURRAIS FAIRE SEMBLANT D'HÉSITER, AU MOINS !
HA HA HA HA !
ガタン CLAC
ゴトン CLAC
カラララ VRSH
学割・家族割
ÇA Y EST !

HI HI !
D'AC-CORD ...
...
Brrr
AU FAIT, MIZUKI...
KOF
IL Y A QUEL-QU'UN QUI T'IN-TÉRESSE, EN CE MOMENT ?
QU...
HEIN ?!
AH, MOI AUSSI JE VEUX SAVOIR !

AU FAIT, TU AS APPORTÉ TON ANCIEN TÉLÉPHONE ?
OUI, AU CAS OÙ...
QUAND ON SERA ARRIVÉS À LA GARE, ON IRA T'EN ACHETER UN NOUVEAU...
PSHHH
MAIS NATSUKO A DIT QUE ÇA NE CHANGERAIT RIEN...
NE GOBE PAS TOUT CE QUE CETTE FILLE RACONTE !
BIEN DIT...
JE SUIS SÛR QUE TU PEUX T'EN SORTIR !
PAF
IL A RAISON ...
IL FAUT TOUT ESSAYER !
...

C'EST UN ENDROIT DIFFICILE À DÉCRIRE... TU COMPRENDRAS QUAND ON Y SERA !
MAIS S'IL FALLAIT LE RÉSUMER EN UN MOT, CE SERAIT "LUGUBRE" ...
TU CHERCHES À NOUS FAIRE PEUR ?
C'EST JUSTE UN VILLAGE ABANDONNÉ, NON ?
ON RES-SENT UNE PROFONDE ANGOISSE, LÀ-BAS...
ON EST PRIS DE TER-REUR, COMME SI QUELQUE CHOSE NOUS HANTAIT...
OU QU'ON ALLAIT CESSER D'ÊTRE SOI-MÊME...
MIZUKI VA SÛRE-MENT REGRETTER DE NOUS AVOIR ACCOMPAGNÉS ...

くるっ
FUIT
JUSTEMENT, J'AI MIS DES BASKETS... REGARDE !
ぴょい
VSH
BAH, TANT PIS... ALLONS-Y !
HA HA HA...
JE VOIS ÇA...
DRIIIING
ÇA RES-SEMBLE À QUOI, YONAKI ?

DÉSOLÉ, JE VOUS AI FAIT AT-TENDRE ?
NON, NE T'INQUIÈTE PAS !
EUH...
MIZUKI ?
OUI ?
CETTE TENUE... TU SAIS QU'ON VA PRENDRE DES CHEMINS DE MONTAGNE ?

MERCI, MAMAN ...
J'Y VAIS !
CLAC
GARE DE GOKÔ
5:50
PAR ICI !
TAP
TAP
TAP

CLAC カチャ
MAMAN, TU N'ES TOUJOURS PAS COUCHÉE ?
"JE TE PRÉPARERAI UN FESTIN TOUS LES JOURS, TU VERRAS !"
ENCORE TIÈDE...
ELLE A DÛ TOUT RÉCHAUFFER PLUSIEURS FOIS...
TU AS TENU PAROLE ...
MAIS JE NE POURRAI JAMAIS MANGER TOUT ÇA !

ヨロ
ヨロ
FLOP
BAN
BAN
バサッ
FRSH

VSH
TU NE SAIS PAS CE QUI T'ATTEND LÀ-BAS, ÇA PEUT SERVIR D'AVOIR QUEL-QU'UN DE COSTAUD AVEC TOI !
C'EST VRAI...
PAR CONTRE, MIZUKI...
EN FAIT...
J'AI PEUR QUE KENTA NE PUISSE PAS TENIR SA PRO-MESSE...
QUOI ? JE N'AI QU'UNE PAROLE, TU SAIS !
OUI, MAIS ...
COMPRIS ...
ON PARTIRA TOUS LES TROIS PAR LE PREMIER TRAIN !
IL NOUS RESTE EN-VIRON DEUX HEURES...
MIZUKI, SI TU AS ENCORE UN ANCIEN PORTABLE, C'EST LE MOMENT D'ALLER LE RÉ-CUPÉRER...
D'AC-CORD !

C'EST PROBABLEMENT LÀ-BAS QU'A EU LIEU LE PREMIER JEU DU ROI, IL Y A 33 ANS...
DANS CE VILLAGE, IL Y A UN CARNET QUI RELATE LE DRAME EN DÉTAIL...
JE VOIS ...
PEUT-ÊTRE QU'IL NOUS PERMETTRA DE TROUVER UNE SOLUTION !
POSSIBLE ...
DANS CE CAS, LAISSE-MOI T'ACCOMPAGNER !
QUOI ?
SI KENTA VIENT, MOI AUSSI !
VOUS ÊTES SÛRS ?

CLIC
TUUUT
TUUUT
ÇA A COUPÉ ...
ET IMPOSSIBLE DE JOINDRE QUI QUE CE SOIT !
NATSUKO A DÛ DIRE AUX AUTRES DE BLOQUER MON NUMÉRO...
ELLE EN SERAIT BIEN CAPABLE !
NOBUAKI ...
JE M'OCCUPE DE RÉCUPÉRER TON PORTABLE. TOI, VA À L'HÔPITAL !
JE NE PEUX PAS... IL Y A UN ENDROIT OÙ JE DOIS ME RENDRE AVANT !
CE PATELIN DONT TU PARLES DEPUIS TOUT À L'HEURE ...
YONAKI, C'EST BIEN ÇA ?
QU'EST-CE QU'IL A DE SI IMPORTANT ?
...

SOUVENEZ-VOUS BIEN DE CE QUE JE VOUS AI DIT...
ET MÉFIEZ-VOUS DE NOBUAKI !
IL N'HÉSITERA PAS À TOUS NOUS TUER POUR SURVIVRE...
NE VOUS LAISSEZ PAS MANIPULER !
CE TYPE EST VRAIMENT FLIPPANT !
MERCI, ON VA SUIVRE TES CONSEILS !
トゥルルル
TRILILI
C'EST SON PORTABLE...
TRILILI
トゥルルル
トゥルルルル
TRILILI

JE VOULAIS SURTOUT DES AMIS, COMME AVANT...
TIENS ...
IL NE PLEUT PLUS ?
QU'EST-CE QU'ON VA DEVENIR ?
COMMENT EST-CE QU'ON VA S'EN SORTIR ?
PARC DE BUNGO

PLIC
ARRÊTE !
GARDE TES LARMES POUR LES MOMENTS DE JOIE...
QUAND TU EN AURAS MARRE DE PLEURNICHER, TU ME RACONTERAS TOUT !
GH...
J'AI DIT QUE JE VOULAIS SAUVER TOUT LE MONDE...
MAIS EN FAIT ...
WAAAAAH !
AAAAH !

TU AS PERDU TA COPINE, TON MEILLEUR AMI ET TOUTE TA CLASSE...
TU AS CONNU UNE SOUFFRANCE TROP GRANDE POUR QU'ON PUISSE L'EX-PRIMER AVEC DES MOTS...
PLOF
ぽん
COMBIEN DE FOIS EST-CE QUE TU AS VOULU MOURIR ?
す
FSH
TU DEVAIS ÊTRE TELLEMENT SEUL... J'IMAGINE QUE TU AS BEAU-COUP PLEURÉ...

SCRITCH
ENFIN J'AI BEAU DIRE... FRANCHEMENT, QUAND MIZUKI M'A RACONTÉ CE QUI S'ÉTAIT PASSÉ...
J'AI REGRETTÉ DE T'AVOIR AIDÉ !
MAIS JE NE T'ACCUSE PAS...
ET JE NE PEUX PAS DIRE QUE JE T'EN VEUILLE...
C'EST FACILE DE SE VENGER...
SAUF QUE ÇA NE MÈNE À RIEN !
ET PUIS ...
MÊME SI JE NE CONNAIS PAS TOUTE L'HISTOIRE ...
JE PEUX IMAGINER CE QUE ÇA FAIT DE PERDRE CEUX QU'ON AIME...

CLAP
CET "ACTE INUTILE POUR LE JEU DU ROI", C'EST QUOI ?
?
PENDANT LA PARTIE PRÉCÉDENTE, IL NE FALLAIT PAS PLEURER...
MAIS CETTE FOIS, ON DIRAIT QU'IL S'AGIT D'AUTRE CHOSE...
CLAP
BON... COMPRIS !
LE SUJET EST CLOS ...
HEIN ?
VRAIMENT ?
TU N'AS RIEN À ME REPROCHER ?
EST-CE QUE ÇA CHANGERAIT QUELQUE CHOSE À LA SITUATION ?
SI C'EST LE CAS, JE TE BLÂMERAI AUTANT QUE TU VEUX !

TU ES VRAIMENT LE DERNIER DES ENFOIRÉS !!
TU N'AS PAS DE CŒUR, OU QUOI ?!
PLUS PERSONNE...
NE ME FAIT CONFIANCE !
ASSASSIN !!
LA FERME, ENFOIRÉ !
KOF
PAF
MAIS D'OÙ TU SORS, À LA FIN ?!
PAF
PAF
K!
TU N'ES PAS HUMAIN, OU QUOI ?!
ON NE VA PAS SE LAISSER AVOIR...
CE GROS PORC N'ARRÊTAIT PAS DE RELUQUER NATSUKO !

JE DOIS ALLER À YONAKI... IL Y AVAIT UN CARNET PARMI LES DOCUMENTS... JE N'AI PAS EU LE TEMPS DE TOUT LIRE !
NON, AVANT ÇA, IL FAUT QUE JE RETROUVE MON PORTABLE...
VOUS NE SAVEZ PAS OÙ IL EST PASSÉ ?
CALME-TOI !!
ビク
GLOUPS
EST-CE QUE TU POURRAIS RÉPONDRE À UNE QUESTION ?
ON VA ENCORE M'ACCUSER...
ET ME FRAPPER...
NON !
...

JE VOIS ...
NOBUAKI, TU CONFIRMES ?
!
TU NOUS ÉCOUTAIS, NON ?
FSH
OUI, TOUT CE QU'ELLE A DIT EST VRAI...
C'EST MOI QUI AI EMBARQUÉ LA CLASSE LÀ-DEDANS !
MAIS JE VEUX AUSSI VOUS AIDER !
ALORS JE DOIS ALLER QUELQUE PART...
FLOP
ÇA NE PEUT PAS ATTENDRE ? QU'EST-CE QUE TU COMPTES ACCOMPLIR, DANS TON ÉTAT ?
PASSE D'ABORD VOIR UN TOUBIB !
JE N'AI PAS LE TEMPS !!

GARDE TES EXCUSES !
ATTENDS, KENTA !
C'EST NOBUAKI QUI NOUS A ENTRAÎ-NÉS DANS CE JEU DU ROI !!
CE QUI EST ARRIVÉ À YÛICHI, C'EST SA FAUTE...
JE NE SUIS PAS UN INSECTE !!
ON AVAIT TOUS PEUR, C'EST POUR ÇA QU'ON S'EN EST PRIS À LUI !
...
TU PEUX TOUT ME RACONTER EN DÉTAIL ?

TSS...
UN NOM DE FILLE DANS UN MOMENT PAREIL... ON DIRAIT QU'IL VA MIEUX QUE JE LE PENSAIS !
AH OUAIS ?
C'EST QUI, CETTE CHIEMI ?
SA PETITE AMIE, APPA-REMMENT...
JE L'ENVIERAIS PRESQUE ...
IL FAUDRA LUI DEMANDER DES PRÉCISIONS, QUAND IL SE RÉ-VEILLERA !
...
EUH... TU SAIS ...
POUR ...
CE QUI S'EST PASSÉ AU PARC...
AH, ÇA...

QUE TU VAS ME LE PAYER !
SPLASH
SPLASH
GH...
!
CHIEMI ...
PARDON ...
CHIEMI ...

TU...
FSH
TU AS...
OSÉ...
BRRR
ALLEZ, VITE !
PLOF
SPLASH
SPLASH
BRRR
KENTA...
JE TE JURE...
NATSU-KO ?

PAF
TOI...
RESTE EN DEHORS DE ÇA !

TAP TAP TAP
タタタ
EUH...
JE PEUX VENIR AUSSI ?
JE M'INQUIÈTE POUR NOBUAKI !
...
!
FUIT

GH...
OUPS !
JE T'EMMÈNE TOUT DE SUITE À L'HOSTO...
JE... JE VOUS ACCOMPAGNE !
TU PEUX COURIR AVEC CES CHAUSSURES ?
POF
SPLASH
MAINTENANT, ÇA DEVRAIT ALLER...
HA HA HA ! OUI, AUCUN DOUTE LÀ-DESSUS !

パチ CLAP
BRAVO ! VOUS VOULEZ PEUT-ÊTRE QU'ON VOUS LAISSE SEULS, TOUS LES DEUX ?!
パチ CLAP
VOUS DEVEZ APPARTENIR À UNE ESPÈCE EN VOIE D'EX-TINCTION !
パチ CLAP
IL FAUT DIRE QUE TU N'AS PAS L'AIR DU GENRE À VIVRE VIEUX, KENTA !
AH, C'EST VRAI...
HÉ HÉ !
TU VAS MOURIR CE SOIR, PARDON !
HÉ HÉ !
HÉ HÉ !
TU ES MONS-TRUEUSE...

C'ÉTAIT PAS TROP NAZE ?
IDIOT ...
TU ES VRAIMENT TROP BÊTE...
ET C'ÉTAIT CARRÉMENT NUL...
HA HA HA... JE M'EN DOUTAIS !
HI HI !
MERCI ...
KENTA !
HÉ HÉ !
DE RIEN !

NOBUAKI ...
EXCUSE-MOI DEUX SECONDES...
PLOF
FRSH
TOUT IRA BIEN ...
JE TE PROMETS QUE JE TE SAUVERAI !
VOICI L'ORDRE QUE JE ME DONNE : "PROTÉGER MIZUKI YUKIMURA" !
QUOI ?
QU'EST-CE QUE TU EN DIS ?
SI JE MANQUE À MA PAROLE, J'Y PASSERAI MOI AUSSI... ALORS JE TE DÉFENDRAI QUOI QU'IL ARRIVE !

SPLASH
LAISSE-MOI TE RAPPELER QUELQUE CHOSE : SI JE CRÈVE...
TERUAKI Y PASSE AUSSI...
SPLASH
VSH
PUISQU'IL NE POURRA PLUS EXÉCUTER SON ORDRE !
MAIS FAIS CE QUE TU VEUX, C'EST TOI QUI VOIS ...
DÉCIDÉMENT, TU ES PIRE QUE TOUT !

ESSAIE DONC !
GLOUPS
CE N'EST QUE DE LA GUEULE, DE TOUTE FAÇON...
...
"L'ÉLÈVE N° 1, KENTA AKAMATSU, DOIT DONNER UN ORDRE DE SON CHOIX À L'UN DE SES CAMARADES. CELUI-CI DOIT L'EXÉCUTER COMME S'IL PROVENAIT DU ROI."
ÇA TE RAPPELLE QUELQUE CHOSE ?
ET ALORS ?
JE TROUVE QUE TU LA RAMÈNES UN PEU TROP...
SI JE T'ORDONNAIS DE MOURIR, TU SAIS CE QUI SE PASSERAIT ?

JE NE VEUX PAS MOURIR !
JE REFUSE DE FINIR COMME ÇA !
KENTA, TU VAS ME PROTÉGER, HEIN ?!
D'ACCORD, MAIS ARRÊTE DE PLEURER... TON BEAU VISAGE EST TOUT ROUGE !
NE T'INQUIÈTE PAS, JE TROUVERAI BIEN UNE SOLUTION !
QUELLE SOLUTION ?!
QU'EST-CE QUE TU VAS FAIRE ?!
JE N'AI PAS BESOIN DE COMPLIMENTS !
TU N'ES QU'UN INCAPABLE !!
TU NE DEVAIS PAS ME TUER ?

ボ
PLAF

FRSH
NOOOON !
FRSH
FRSH
AAAAAH !
FRSH
JE N'AI PAS ENVIE DE FINIR ÉCARTELÉ !
FRSH
JE NE SUIS PAS UN INSECTE !!
JE SUIS UN ÊTRE HUMAIN !
FRSH

MAINTENANT, N'IMPORTE QUI PEUT Y PASSER !
JE SENS QU'ON VA BIEN S'AMUSER !!
PAUVRE TARÉE ! CONTINUE COMME ÇA ET JE T'ÉCLATE LA TÊTE !!

NOBUAKI ...
JE SAIS QUE TU N'ES PAS EN ÉTAT, MAIS ON A BE-SOIN DE TON AIDE !
FRSH FRSH
QU'EST-CE QUI SE PASSE, À LA FIN ?
HA HA HA HA !
HA HA HA HA !
HA HA HA HA !

LA COUPURE ME FAIT UN MAL DE CHIEN...
REGARDE ...
FRSH
PLOF
QU'EST-CE QUE JE DOIS FAIRE ? ON PEUT M'OPÉRER, TU CROIS ?
JSH
VOUS AUSSI ...
VOUS AVEZ VU ?!
POURQUOI ? JE CROYAIS QU'ON ÉTAIT PUNI SI ON PLEURAIT...
MAIS JE N'AI PAS VERSÉ UNE LARME, POURTANT !
HIII !
AAAH !
C'EST QUAND MÊME ÉVIDENT QUE JE RIGOLE ! HA HA HA !
CLAC
CLAC

FRSH
FRSH
FRSH
K...
KENTA...
AU SE-
COURS
...
C'EST
MOI QUI AI
REÇU LE
GAGE...
MON
BRAS
...

TOI...
JE TE JURE QUE J'AURAI TA PEAU !
CRRR
PLAF
AH !
KENTA, REGARDE DERRIÈRE TOI !
QUOI ?
FUIT
!!!

ALLEZ, TIENS BON !
FRSH
FRSH
GH...
GLOUPS
FSH
JE VOUS AI FOUTU LA TROUILLE ?
CE N'EST POURTANT PAS GRAND-CHOSE COMPARÉ À CE QUE VOUS AVEZ FAIT À NOBUAKI, BANDE DE LÂCHES !
ASSUMEZ UN PEU VOS ACTES !

HÉ HÉ !
!!
MA PETITE COMÉDIE A BIEN MARCHÉ, HEIN ?
JE SUIS MEILLEUR ACTEUR QUE TOI, ON DIRAIT !

"PERCE NATSUKO À JOUR", HEIN ?
BON, C'EST PAS TOUT ÇA...
FSHHHH
MAIS IL SERAIT PEUT-ÊTRE TEMPS QUE J'EMMÈNE NOBUAKI À L'HOSTO !
?!
IL EST VIVANT ?!
OH HISSE !
FSHHHH

JE VOULAIS TE VOIR TREMBLER DEVANT LA MORT ET RAMPER À MES PIEDS !
UN GENTIL GARÇON COMME TOI QUI FILE DES COUPS À UN CADAVRE...
ÇA AURAIT ÉTÉ LE TOP !
TU ES VRAIMENT POURRIE JUSQU'À L'OS... OÙ EST PASSÉE LA NATSUKO QU'ON CONNAISSAIT ?
EST-CE QUE TU AS TOUJOURS FAIT SEMBLANT ?
LA FERME !!
LA FERME ! LA FERME ! LA FERME !
TU ME GONFLES !!

LA PREUVE, JE N'AI PAS EU DE GAGE !
FRSH
J'AI PAS RAISON ?
TSS...
TU ES TRÈS OBSERVATEUR...
C'ÉTAIT BIEN UN MENSONGE, ALORS...
TU ES VRAIMENT MINABLE...
POURQUOI EST-CE QUE TU TE COMPORTES COMME ÇA ?
PARCE QUE JE NE PEUX PAS T'ENCADRER...
AVEC TON ARROGANCE ...
ET TES FAUX AIRS DE JUSTICIER !

SI TU SAIS COMMENT ÉCHAPPER AUX GAGES, TU N'AS PAS BESOIN D'OBÉIR AUX ORDRES...
ET TU N'AS DONC AUCUNE RAISON DE T'ÉLOIGNER AVEC TERUAKI !
C'EST QUE...
ET PUIS... LE MAIL QUE TU M'AS MONTRÉ TOUT À L'HEURE...
J'AI BIEN VU QU'IL S'AGISSAIT D'UN TRANSFERT !
TU CROYAIS QUE JE NE M'EN APERCEVRAIS PAS ?
!!
HÉ HÉ !
TU T'ES RÉEXPÉDIÉ UN MESSAGE DU ROI...
EN CHANGEANT LE NOM ET LE NUMÉRO DE L'ÉLÈVE !
L'ÉLÈVE N° 1, KENTA AKAMATSU, EST CONDAMNÉ À ÊTRE DÉPECÉ POUR NE PAS AVOIR EXÉCUTÉ LES ORDRES DU ROI.
--END--
ENVOI
OK
RETOUR
MENU

TU CONNAIS VRAIMENT UN MOYEN ?
OUI !
DANS CE CAS ...
FUIT
DÉSOLÉ, TON HISTOIRE NE TIENT PAS LA ROUTE !

ATTENDS ...
SI TES PARENTS SONT DÉCÉDÉS...
C'EST À CAUSE DE CE SOI-DISANT "JEU" ?
TU NE VEUX PAS RÉPONDRE ?
C'EST SANS IMPORTANCE !
TRÈS BIEN, ALORS ASSEZ PARLÉ DE ÇA... TU M'EXPLIQUES TA MÉTHODE ?
JE N'AI PAS ENVIE DE MOURIR !
PAS QUESTION !
TU NE SAURAS RIEN AVANT D'AVOIR FRAPPÉ LE CADAVRE DE NOBUAKI !!

SI TU VEUX QUE JE TE LE DISE, FRAPPE LE CORPS DE NOBUAKI !
QUOI ?!
DÉPÊCHE-TOI, OU TU VAS Y PASSER !
ÇA NE TE GÊNE PAS DE CREVER ?!
ET COMMENT TU PEUX SAVOIR UN TRUC PAREIL ?
VSH
...
C'EST SIMPLE ...
QUELQU'UN DE MA FAMILLE A DÉJÀ PARTICIPÉ À UN JEU DU ROI !
BON, QU'EST-CE QUE TU DÉCIDES ?!

FUIT
QU'EST-CE QUE C'EST QUE CETTE HISTOIRE ?
...
LE MES-SAGE DU ROI DISAIT QUE YÛICHI ÉTAIT CONDAMNÉ À MOURIR D'UNE HÉMORRAGIE ...
ET IL S'EST VIDÉ DE SON SANG !
NOUS AUSSI, ON VA FORCÉ-MENT...
EH !
AAAAH...
JE CONNAIS UN MOYEN D'ÉCHAPPER AU CHÂTI-MENT !

CLAP
LE MESSAGE QU'ON VIENT DE RECEVOIR ANNONCE SÛREMENT UN GAGE !
TU NE VEUX PAS SAVOIR QUI EST LE PROCHAIN SUR LA LISTE ? ♪
ARRÊTE DE JACASSER ET EXCUSE-TOI !
HA HA ! ÇA, C'EST LA MEILLEURE !!
VSH
C'EST TON TOUR !
04/06 (VEN.) 02:44
FW : ROI
JEU DU ROI
L'ÉLÈVE N° 1, KENTA AKAMATSU, EST CONDAMNÉ À ÊTRE DÉPECÉ POUR NE PAS AVOIR EXÉCUTÉ LES ORDRES DU ROI.
--END--
ENVOI
OK
RETOUR
TU VAS FINIR DÉCOUPÉ EN MORCEAUX, MÊME TA MÈRE NE RECONNAÎTRA PAS TON CADAVRE !
HA HA HA !

LÂCHE-MOI, ESPÈCE DE BRUTE !
DEUX PERSONNES SONT MORTES, TU CROIS QUE TU PEUX TE BARRER COMME ÇA ?!
CE QUE TU AS DIT ÉTAIT INADMIS-SIBLE !
EXCUSE-TOI AUPRÈS DE NOBUAKI !!
CRRR
DEMANDER PARDON À UN CADAVRE ? TU ES DÉBILE, MA PAROLE !
TU VAS REGRET-TER DE M'AVOIR PROVO-QUÉE !!

FLAF
GH...

DRING
VRRR
TRILILI
VRRRR
DZz
DZz
1 MESSAGE REÇU
04/06 (VEN.) 02:41
BIP
BIP
TAP
ALLEZ, PLUS VITE QUE ÇA !
TAP
OÙ TU CROIS ALLER ?!
POF

PFF...
TU L'AS CASSÉ TOI-MÊME ...
NE VIENS PAS TE PLAINDRE !
PROFITE BIEN DU TEMPS QUI TE RESTE !
NOOON ! IL FAUT LE RÉPARER !!
PLAF
AAAAAAAH !!
TSS... CE QU'ELLE EST PÉNIBLE !
AAAH !
TERUAKI !
ON Y VA !
TU N'AS PAS OUBLIÉ NOTRE ORDRE, JE SUPPOSE...
FRSH
FRSH

JE VAIS TE BUTER !
DANS CE CAS, TU NE VAUDRAS PAS MIEUX QUE MOI !
TU EN AS CONSCIENCE, J'ESPÈRE !
...
FLOP
M... MON PORTABLE ...
FLOP
SI JE LE REMPLACE, TOUT IRA BIEN, HEIN ?
HEIN ?
ÇA NE SERVIRA À RIEN !

FLOP
ATTENDS ...
GRRR...
QU'EST-CE QUE TU VIENS DE DIRE ?
QUE J'AURAIS VOULU VOIR QUELQUE CHOSE DE PLUS SPECTACULAIRE !
LÀ, C'ÉTAIT D'UN BARBANT ...
TAP
TAP
TAP
T'ES...
BOUCHÉ ...
QUOI ?!
OU...
TAP

CE QU'ON S'ENNUIE !
HA
QUELLE DÉCEPTION ...
HA
HA-!
J'AURAIS PRÉFÉRÉ UNE MORT PLUS SPEC-TACULAIRE !

どプ
PLAF
J'ESPÈRE JUSTE QU'IL POURRA TROUVER LE REPOS...
FRSH
TU AS EU MAL ?
TU AS SOUFFERT ?
SI SEULE-MENT J'ÉTAIS ARRIVÉ UN PEU PLUS TÔT...
TU T'EN SERAIS PEUT-ÊTRE SORTI...
NOBUAKI ...

VOUS L'AVEZ TUÉ !!
VOUS AVEZ TABASSÉ QUELQU'UN À MORT !
EST-CE QUE VOUS VOUS EN RENDEZ COMPTE ?!

IL NE BOUGE PLUS...
CRRR

NOBUAKI ?
FSH
FSH
PAS DE BLAGUES !
ARRÊTE, CE N'EST VRAIMENT PAS DRÔLE !!

C'EST LE JEU DU ROI !
FLOP

FSH
FLOP
?!
EH !
ÇA VA ?!
VSHHH
...
...
JE N'AI PAS PU TENIR MA PROMESSE... PARDON DE VOUS AVOIR TOUS ENTRAÎNÉS LÀ-DEDANS...
JE SUIS VRAIMENT DÉSOLÉ...
CE N'EST PAS DE VOTRE FAUTE... CE N'EST PAS VOUS QUI M'AVEZ TUÉ...

JE N'AI PAS BESOIN DE CE TRUC...
FSH
ÇA NE SERT À RIEN !
C'EST PAS VRAI...
JE CROYAIS QUE TOUT LE MONDE ME HAÏSSAIT...
QU'EST-CE QUI LUI A PRIS ?!
IL FALLAIT M'ENVOYER LE MESSAGE !

VSH
JE REFUSE DE TUER QUI QUE CE SOIT, MÊME QUELQU'UN QUE JE DÉTESTE !!
CRAC

ENVOIE-MOI CE MESSAGE ...
!
ET ADRESSE L'AUTRE À NATSUKO !
NON !
HORS DE QUESTION !
JE NE VEUX PAS DEVENIR UNE MEUR-TRIÈRE !!
M... MIZUKI ...

S'IL TE PLAÎT...
EH !
PAF
PAF
JE N'AI PAS BIEN ENTENDU... TU PEUX RÉPÉTER ?!
PLIC
IMPOSSIBLE, KENTA... JE N'Y ARRIVE PAS...
...
...
DE LA PLUIE...
VSH
AH, C'EST VRAI... J'AI ENCORE UNE CHOSE À DIRE...
MIZUKI ...

RIEN, VOYONS...
JE DIS ÇA POUR TOI, C'EST TOUT !
PEUT-ÊTRE, MAIS...
WAAAH !!
J'AIMERAIS QUE TU ARRÊTES !
C'EST MAL, CE QUE TU ME DEMANDES DE FAIRE !
POURQUOI TU NE T'EN RENDS PAS COMPTE ?!
QU'EST-CE QU'ELLES ONT, TOUTES LES DEUX ?
!
PLOF
HAN
ÉCOUTE-MOI...
HAN
AU VILLAGE DE YONAKI... SUR LE MONT YAKURA... IL Y A DES DOCUMENTS...
CRRR

S'IL TE PLAÎT !
ALLEZ, OFFRE-MOI UNE JOLIE MORT POUR NOBUAKI ET KENTA...
HI HI !
NATSUKO ?
BRRR
QU'EST-CE QUI T'ARRIVE ? JE NE TE RECONNAIS PLUS...

POURQUOI KENTA AUSSI ?!
MIZUKI ...
FRSH
TU DOIS SACRIFIER DEUX PERSONNES, SINON TU VAS MOURIR...
CE N'EST PAS CE QUE TU VEUX, HEIN ?
UNE BELLE FILLE COMME TOI... AVEC TOUTE LA VIE DEVANT ELLE...
CE SERAIT TELLEMENT DOMMAGE !
FSH

TSS... TOI AUSSI, TU ME FOUS LA HAINE !
VSH
FRSH
MIZUKI, FILE-MOI TON PORTABLE !
TAC
TAC
TAC
VSH
TIENS, TU N'AS PLUS QU'À EN-VOYER !
!!
MAIS...
NOBUAKI KANAZAWA
KENTA AKAMATSU
SUJET
MEURS.
ENVOI
OK
RETOUR
ATTENDS UN PEU !

M... MAIS ...
TU ES À POIL ?!
VSH
VSH
CACHE AU MOINS TES SEINS !
NE VIENS PAS NOUS GÊNER ! ÇA COMMENÇAIT JUSTE À DEVENIR INTÉRESSANT...
VSH
FRSH
TU ME SOÛLES ! SI JE ME RHABILLE, TU ME JURES QUE TU DÉGUERPIS ?!
BIEN SÛR QUE NON !
J'IGNORE CE QUE VOUS MANIGANCEZ, MAIS NE COMPTE PAS SUR MOI POUR FERMER LES YEUX !
AH !
VSH
BON SANG !
ALLEZ, ENFILE QUELQUE CHOSE !

MERCI...
FRSH ゆさ
FRSH ゆさ
GARDE ÇA POUR PLUS TARD... ET COMMENCE PAR M'EXPLIQUER CE QUI SE PASSE !
C'EST QUOI, CE CORPS ENSANGLANTÉ ?!
C'EST YÛICHI !
AH !

ON... ON N'A PAS EU LE CHOIX !
C'EST DE SA FAUTE !
"PAS LE CHOIX" ?! DE LE TABASSER À DIX CONTRE UN ?!
RIEN NE PEUT JUSTIFIER CE GENRE DE CONDUITE !
SI VOUS AIMEZ AUTANT COGNER LES GENS, VENEZ DONC VOUS BATTRE CONTRE MOI, ON EN REPARLERA !!
...
!
K...
KENTA ...
ÇA VA ?! ACCROCHE-TOI, MEC !
M...

QU'EST-CE QUI S'EST PASSÉ ?!
FUIT
AH !
NOBUAKI ?
IL A L'AIR DANS UN SALE ÉTAT !!
QUI A PU FAIRE UN TRUC PAREIL ?!
TAP
TAP
VOUS NE VOYEZ PAS QU'IL EST BLESSÉ ?!
ET POURQUOI PERSONNE NE L'AIDE ?!
UNE SECONDE... NE ME DITES PAS QU...

MAIS...
QU...
ATTENDEZ ...
C'EST QUOI, TOUT CE SANG ?

NOBUAKI !!
K... KENTA AKAMATSU ?
TSS... VOILÀ LE TROUBLE-FÊTE QUI DÉBARQUE...
NO...
EH !
TIENS, MAIS C'EST QUE JE VOIS DES TÊTES CONNUES !
FLOP
FRSH
VOUS FÊTEZ LA VICTOIRE ?
À CETTE HEURE-CI, VOUS ÊTES MOTIVÉS !
FRSH
QUELQU'UN A VU NOBUAKI ?
FRSH
BAH, TANT PIS POUR LUI... JE VOUS REJOINS !
FRSH

NOBUAKI !!
OÙ TU TE CACHES ?!
MONTRE-TOI, JE SAIS QUE TU ES LÀ !!
T'AVAIS L'AIR SÉRIEUX AU TÉLÉPHONE, ALORS JE T'ATTENDS DEPUIS TOUT À L'HEURE !

LA FERME, ENFOIRÉ !
PAF
KOF
PLAF
PERSONNE NE ME FAIT CONFIANCE...
ILS SONT TOUS AVEUGLÉS PAR LA PEUR ET LA CO-LÈRE, IMPOSSIBLE DE DISCUTER...
S'IL VOUS PLAÎT, QUE QUELQU'UN M'ÉCOUTE... JUSTE UNE PERSONNE...
AIDEZ-MOI...
CRIII

TERU ...
ET CE SERA BIEN FAIT POUR LUI, PAS VRAI ?
DÉSIGNE-LE !
ÇA IRA TOUT DE SUITE MIEUX, TU VERRAS...
TU NE TROUVES PAS NATSUKO BIZARRE ?
SI, ON DIRAIT QUELQU'UN D'AUTRE...
BRRR
N... NATSUKO EST DANGEREUSE...
PLOF
RENSEIGNEZ-VOUS SUR SON IDENTITÉ...

GLOUPS
SI TU N'ENVOIES RIEN À PERSONNE, C'EST TOI QUI VAS MOURIR !
NOBUAKI MÉRITE DE CREVER...
TOI AUSSI TU LE DÉTESTES, NON ?
PAS DE DOUTE...
ET PUIS CE N'EST PAS COMME SI TU ALLAIS TE SALIR LES MAINS, TU VAS SEULEMENT ENVOYER UN MAIL...
CETTE FILLE...
EST DANGEREUSE !
PERSONNE NE TE REPROCHERA RIEN !

ENFOIRÉ !
PAF
ALORS COMME ÇA, TU VOULAIS TOUS NOUS AVOIR D'UN COUP ?!
DÉPÊCHE-TOI, MIZUKI !
PAF
PAF
BRRR
MAIS SI JAMAIS IL MOURRAIT...
CE SERAIT COMME SI JE L'AVAIS ASSASSINÉ !
...
SNIF...
SNIF...
PFF...
FRSH
ÉCOUTE-MOI BIEN...

J'AIMERAIS VRAIMENT SAVOIR...
COMMENT TU PEUX ÊTRE AU COURANT DE CETTE RÈGLE !
PAF

IL EXISTE UN MOYEN D'ÉCHAPPER AU JEU DU ROI...
!!
FLOP
IL SUFFIT DE BLOQUER SES MESSAGES !
VRAI-MENT ?
SÉRIEUX ?
C'EST TOUT ?
NE VOUS LAISSEZ PAS AVOIR !
SI C'ÉTAIT VRAI, IL NOUS L'AURAIT RÉVÉLÉ DÈS LE DÉPART ! FAITES ÇA ET VOUS ÊTES SÛRS D'Y PASSER À MINUIT !
...
TOI...

CLIC
JE VAIS TE DONNER L'ADRESSE DE NOBUAKI ...
ENVOIE-LUI UN MESSAGE AVEC "MEURS" !
HEIN ?
FSH
POURQUOI ?
TU NE TE RAPPELLES PAS CE QU'A DIT LE ROI ?
CEUX QUI RECEVRONT CES MAILS MOURRONT...
AVEC ÇA, ON SERA DÉFINITIVEMENT DÉBARRASSÉS DE CE TARÉ !
BIP
BIP
GLOUPS
MAIS...
NATSUKO...
ATTENDEZ...

PAF
NON !
JE DOIS ...
PAF
PARLER...
À NATSUKO !
LAISSEZ-MOI...
FRSH
FRSH
FRSH
TU LA RAMÈNES ENCORE ?
PAF
ALORS C'EST QU'ON N'Y EST PAS ALLÉS ASSEZ FORT !!
PAF
MIZUKI !

PAF
MAIS D'OÙ TU SORS, À LA FIN ?!
PAF
TU N'ES PAS HUMAIN, OU QUOI ?!
PAF
ARRÊTEZ...
JE NE L'AI PAS TOUCHÉE...
VOUS DEVEZ ME CROIRE !
KOF
KOF
PAF
C'EST ÇA, PRENDS-NOUS POUR DES ABRUTIS !!
PAF
PAF
ESPÈCE DE DÉTRAQUÉ !!
PAF

VSH
TERUAKI !
DIS-LEUR, TOI, QUE C'EST UN MEN-SONGE !!
FUIT
NON...
C'EST PAS VRAI...

NOBUAKI !
ÇA VA ?!
ORDURE... TU N'AS PAS HONTE DE PROFITER DE LA SITUATION COMME ÇA ?!
M... MAIS JE N'AI RIEN FAIT !!
C'EST ELLE QUI A DEMANDÉ À ME PARLER !
OUI...
CE GROS PORC N'ARRÊTAIT PAS DE RELUQUER NATSUKO !
QUOI ?!
AIMI, TU NOUS AS BIEN VUS, NON ?!
BRRR

TU VAS COMPRENDRE TA DOULEUR !
...
HI HI HI ! HI HI HI !
!
PLOF

VSH
QU...
MAIS ...
NOOOON !
AU SECOURS !!
NOBUAKI M'AGRESSE !!
FLOP
QU'EST-CE QUE TU RACONTES ?!

PAF
LÂCHE-MOI...
ESPÈCE DE...
CRRK
NIARK
VSH
TU AS PÉTÉ LES PLOMBS, OU QUOI ?!

VSH
TCHAC
CRRR
JE TE HAIS !

?!
POF
SI TU AS TELLEMENT ENVIE DE CREVER, JE VEUX BIEN T'AIDER !
GH...
CRRR
...
CRRR

JE ME FICHE DE TON OPINION ...
TANT QUE JE PEUX SAUVER QUELQU'UN !
GRR...
...
C'EST DINGUE CE QUE TU M'ÉNERVES !!
TU NE COMPRENDS PAS QUE LES GENS NE PENSENT QU'À EUX ?!
ILS SONT PRÊTS À TRAHIR ALLÈGREMENT LEURS PLUS PROCHES AMIS POUR S'EN TIRER !
CE N'EST PAS COMME ÇA QUE TOI...
TU AS SURVÉCU, PEUT-ÊTRE ?!
VA TE FAIRE VOIR...
FSH

?!
FRSH
ARRÊTE TON CIRQUE ! VOUS POUVEZ QUAND MÊME ALLER AIL-LEURS !!
TSS...
NOBUAKI, VIENS PAR LÀ !!
TU N'ES PAS CONCERNÉ PAR LES ORDRES D'AUJOURD'HUI, ALORS QU'EST-CE QUE TU FOUS ENCORE ICI ?
JE NE VAIS QUAND MÊME PAS ABAN-DONNER LES AUTRES !
TU AS REÇU UN COUP DE TROP SUR LA TÊTE, OU QUOI ?
JE DOIS LEUR FAIRE COMPRENDRE QU'IL FAUT IN-TERROMPRE CETTE RÉACTION EN CHAÎNE...
TU VEUX ENCORE LES AIDER APRÈS CE QU'ILS T'ONT IN-FLIGÉ ? TU ES DÉBILE ?

"ORDRE N° 2..."
"L'ÉLÈVE N° 1, KENTA AKAMATSU, DOIT DONNER UN ORDRE DE SON CHOIX À L'UN DE SES CAMARADES. CELUI-CI DOIT L'EXÉCUTER COMME S'IL PROVENAIT DU ROI."
"L'ÉLÈVE N° 8, AYA KURAMOTO, DOIT PERDRE QUELQUE CHOSE DE PRÉCIEUX."
"L'ÉLÈVE N° 6, MASATOSHI ÔI, DOIT LÉCHER LE PIED DE L'ÉLÈVE N° 29, AIMI MURAZUMI."
"L'ÉLÈVE N° 27, HAYATO MIDORIKAWA, ET L'ÉLÈVE N° 31, MIZUKI YUKIMURA, DOIVENT CHACUN ENVOYER LE MESSAGE "MEURS" À DEUX DE LEURS CAMARADES DE CLASSE."
"L'ÉLÈVE N° 23, TSUBASA FURUSAWA, DOIT TOUCHER LA POITRINE DE L'ÉLÈVE N° 30, HARUKA MOMOKI."
"L'ÉLÈVE N° 20, TERUAKI NAGATA, ET L'ÉLÈVE N° 24, NATSUKO HONDA, DOIVENT COUCHER ENSEMBLE."
"IL Y A UN ACTE INUTILE POUR LE JEU DU ROI QU'AUCUN MEMBRE DE CETTE CLASSE NE DOIT COMMETTRE. NE PRENEZ PAS NON PLUS DE REPOS PROFOND."
TU NE VEUX QUAND MÊME PAS Y PASSER, TERUAKI ? DÉPÊCHE-TOI UN PEU !

LE 3 JUIN À MINUIT, LES 31 ÉLÈVES DE PREMIÈRE 1 DU LYCÉE DE GOKÔ ONT REÇU UN ORDRE DU ROI.
KING'S GAME.
PARTICIPE À UN KING'S GAME.
LES ORDRES DU ROI SONT ABSOLUS ET DOIVENT ÊTRE EXÉCUTÉS SOUS 24 HEURES.
ATTENTION, AUCUN ABANDON NE SERA TOLÉRÉ.
ORDRE N° 1 :
L'ÉLÈVE N° 7, NOBUAKI KANAZAWA, ET L'ÉLÈVE N° 24, NATSUKO HONDA, DOIVENT S'EMBRASSER.
ENVOI
OK
RETOUR
À L'EXCEPTION DE NOBUAKI KANAZAWA, TOUS ONT CRU À UNE BLAGUE, MAIS LE LENDEMAIN, À LA MÊME HEURE...
ET YÛICHI SATÔ EST MORT DEVANT TOUS LES AUTRES, FAUTE D'Y AVOIR OBÉI.
UN NOUVEAU MESSAGE EST ARRIVÉ...
ALORS QUE LA TERREUR ET LA PANIQUE S'EMPARAIENT DE LA CLASSE, L'ATTITUDE DE NATSUKO HONDA A CHANGÉ DU TOUT AU TOUT !

TU ES QUI, AU JUSTE ?
TU AS DÉJÀ OUBLIÉ, NOBU ?
JE SUIS NATSUKO, TA CAMARADE DE CLASSE, TA PARTENAIRE DE COURSE ...
LA PAUVRE FILLE QUE TU COMPTAIS LAISSER MOURIR !

KING'S
GAME
EXTREME

LYCÉE PRÉFECTORAL DE GOKÔ,
CLASSE DE PREMIÈRE 1
1 Kenta AKAMATSU
2 Asuka IGUCHI
3 Hanako IKETANI
4 Masahiko INABA
5 Yuki UEMATSU
6 Masatoshi ÔI
7 Nobuaki KANAZAWA
8 Aya KURAMOTO
9 Daiki KUROSAWA
10 Yûna KOBAYASHI
11 Toshifumi SAKAKIBARA
12 Takuya SAKAMOTO
13 Megumi SAKURAI
14 Yûichi SATÔ
15 Tatsuya JINBA
16 Ryô SUGISAWA
17 Misa TAKAMURA
18 Nanami TAKUMI
19 Ayumi TANIKAWA
20 Teruaki NAGATA
21 Shô HASEGAWA
22 Aoi HARUNA
23 Tsubasa FURUSAWA
24 Natsuko HONDA
25 Aya MATSUOKA
26 Riona MATSUMOTO
27 Hayato MIDORIKAWA
28 Rina MINAMI
29 Aimi MURAZUMI
30 Haruka MOMOKI
31 Mizuki YUKIMURA

| LISTE DES ÉLÈVES - CLASSE DE PREMIÈRE 1 | | | |
|---|---|---|---|
| 1 | Kenta AKAMATSU | 17 | ~~Misa TAKAMURA~~ |
| 2 | ~~Asuka IGUCHI~~ | 18 | ~~Nanami TAKUMI~~ |
| 3 | ~~Hanako IKETANI~~ | 19 | Ayumi TANIKAWA |
| 4 | Masahiko INABA | 20 | Teruaki NAGATA |
| 5 | Yuki UEMATSU | 21 | ~~Shô HASEGAWA~~ |
| 6 | Masatoshi ÔI | 22 | Aoi HARUNA |
| 7 | Nobuaki KANAZAWA | 23 | Tsubasa FURUSAWA |
| 8 | Aya KURAMOTO | 24 | Natsuko HONDA |
| 9 | Daiki KUROSAWA | 25 | Aya MATSUOKA |
| 10 | Yûna KOBAYASHI | 26 | Riona MATSUMOTO |
| 11 | Toshifumi SAKAKIBARA | 27 | ~~Hayato MIDORIKAWA~~ |
| 12 | Takuya SAKAMOTO | 28 | Rina MINAMI |
| 13 | ~~Megumi SAKURAI~~ | 29 | Aimi MURAZUMI |
| 14 | ~~Yûichi SATÔ~~ | 30 | Haruka MOMOKI |
| 15 | Tatsuya JINBA | 31 | Mizuki YUKIMURA |
| 16 | Ryô SUGISAWA | | |

KING'S GAME
EXTREME
2
Dessin : Renji Kuriyama
Scénario : Nobuaki Kanazawa